KB139429

봄,
결코
마르지
않는

봄, 결코 마르지 않는

초판 1쇄 인쇄일 2021년 10월 28일
초판 1쇄 발행일 2021년 11월 12일

지은이 박연복
펴낸이 양옥매
디자인 표지혜 송다희

펴낸곳 도서출판 책과나무
출판등록 제2012-000376
주소 서울특별시 마포구 방울내로 79 이노빌딩 302호
대표전화 02.372.1537 **팩스** 02.372.1538
이메일 booknamu2007@naver.com
홈페이지 www.booknamu.com
ISBN 979-11-6752-037-1 (03800)

봄, 결코 마르지 않는

박연복 시집

책과나무

여섯 번째로 얼굴을 내민다.

밀려 놓았던 글들을 추리고

새롭게 다듬고 퇴고해 상재하기로 했다.

민낯으로 세상을 살핀다는 것이

얼마나 어려운지 다시 한 번 느낀다.

좋은 글로 여러분을 만나 뵙고자 했는데

졸 시들로 또다시 찾아뵙게 되어

송구스럽기 그지없다.

많은 배려 있길 바란다.

2021년 11월

박연복 올림

차
례

1부

봄, 결코 마르지 않는

3부

가을, 바람 소리 맴돌고

4부

겨울, 첫사랑처럼 하얀 세설을

봄, 결코 마르지 않는

꽃

오래전부터
그는 긴장했다
혹시,
줄기가 떨어뜨릴까 봐
봄 내내
꽃바람도 그를 유혹했다

그는
싫었고 그것 자체가 야속했다
온몸을 살래살래
그네 태워 주는 것조차
맘고생 컸었다
그는,

감사하는 마음

봄바람

한 아름 안고

한내 방천길을 걸었습니다

하얀 민들레가 활짝 핀 감사함에

수수꽃다지가 활짝 핀 그 고마움에

장미꽃 같은 달콤한 사랑에 파묻혀

이 아이들과 함께 걸었습니다

석양빛으로

곱게 물든 그 꽃길을

누가 뭐라 해도

울 옆
자목련에게
벌들이 윙윙 나릅니다.

백주에
골목길에서도
검은 개와 누런 개가
열렬히 사랑을 나눕니다.

대빗자루를 들고 나온
앞집 할미가
'이놈들 봐라
여기가 어디라고'
침을 퉤 뱉으며
빗자루로 두들겨 패 쫓아 버립니다.

그 이후의 일은 이루 다

말로 할 수 없어 이만 줄이렵니다.

달래

봄은 해마다
오지만
같은 봄은 매양 아니었다

작년 봄엔
담장 아래로 달래가 수북 수북이
돋아나서 채취해
점심 식사 때 그것을 넣고
잘 비벼 맛있게 먹었지만

올해는 한 포기도 보이질 않는다
궁금해서 땅 밑을 파 보니
아무것도 보이지 않았다

이 꽃 저 꽃 마구 피어

나를 유혹하고 있기에 찾은 것이니

개의치 마라

달래야,

민들레

너의 위대함에

몸 둘 바를 모르겠다

그렇게 어린 몸으로

콘크리트 틈새를 뚫고

비바람에도 견디고

예쁜 꽃을 피워 낸

삶의 의지에 박수를 보낸다

비 내리는 이른 새벽

농익은 계집애가

개울물에

제 가슴 드러내듯

넌,

세상이 조금도 두렵지 않은 얼굴이구나

이 계절의 끝자락에 서서

그 무거운 흙짐을 깨금발로 밀어

빚어낸 삶의 의지에

강한 박수를 보낸다

비가 오려나

촉촉이 비 내리는 아침

고무줄처럼 길게 늘어선

길 양편의 푸른 가로수를 본다

엊그제 심은 콩밭에

산비둘기 한 쌍이 낮은 비행을 한다

새벽부터 내린 빗물이

밭고랑 깊숙이 파고든다

이젠 이 밭의 아이들은

무럭무럭 자랄 것이다

이 빗물로

죽장에 의지하고 고샅으로 나섰다

이웃집 황구가 꼬리를 흔들며 앞서 나간다

새까만 구름이 멀리 구름

산자락으로 낮게 깔린 것이

비가 또 오려나 보다

버렸습니다, 그려

여보,

나는 잊을 수가 없었는데

당신은 벌써 잊으셨습니다, 그려

서호천 강가에서

사랑을 속삭이던 그날이

엊그제 같은데

하얗게 잊으셨습니다

당신과 헤어진 후

단 한 번도 그래 본 적이 없었습니다

개울 너머 가섭산자락에

당신 이름 석 자를 이내로 잡아 쓰고

사랑했었다고 고성高聲을 질렀는데

당신은 벌써 잊으셨습니다, 그려

여보,

그리웠었나 봅니다

시詩 한 편

고등학교 때 일이다
교정 옆길 쪽으로
아카시아가 몇몇 그루 있었다

푸른 오월이 되면
만발한 꽃들과 그 향기로 교정은
향수 공장이 되었다

점심시간이면
그곳 벤치에 앉아 보들레르를 쓰고
셸리를 읽었다

어느 날 국어 선생님이 수업 도중에
'이렇게 좋은 날
시 한편 쓰면 어떨까요, 여러분'

'좋은 시가 어디 있어요?
써 놓으면 모두 시지요.'
이렇게 답한 것은 학생들이었다.

며칠이 지난 후
시 한 편 그려 선생님께 드렸더니
눈물이 날 정도로 기뻐하시던
그 모습이 아련히 떠오른다

올해도 집 뒤에 있는
아카시아 꽃향기가
코를 진동振動시킨다

사랑아 1

사랑아,
눈물로 말하노니
가지 마라
너의 뒷모습이 제비꽃처럼 예쁘지 않느냐

사랑아,
가는 길 멈추고 한 번쯤 돌아보면 안 되겠니
웃고 있는 나의 얼굴이 미덥지 않느냐

사랑아,
우리가 헤어지면 안 되는 이유는
아이들이 널 무척 원하고 있기 때문이다

사랑아,
나를 검은 구름이라고 생각한다면
아이들은 채송화로 보면 안 되겠니

이제 가면

네가 사랑했던 사람들을 다신 볼 수 없다

그래도 진정 가려거든

눈물 보이지 말고 강풍처럼 가려무나

사랑아

요양원

춘란春蘭이 피기 전에
큰누님을 뵈었고
벚꽃이 만발했을 땐
작은누님을 뵈었었는데

모란牡丹이 피었을 땐
두 분 다 뵙지 못했으니
먼 산 멧부리만 쳐다보고
하염없이 눈물 흘리네.

벚꽃이 피면

벚꽃이 피면 그래야겠어요

어젯밤 꿈속에서
갈색 바바리 깃을 꺾어 세우고
엷은 미소를 지으며 걸어가는
당신의 뒷모습을 봤습니다

그 길엔
백목련木蘭 꽃잎이
하얀 옷깃을 나부끼듯
바람에 흩날리고 있었지요

다시,
벚꽃이 피면
당신처럼 그 길을 걷고 싶습니다

풋가슴

제기랄,

헐-

염병할 사랑아

열여덟 풋가슴

갈기갈기 찢어 놓고

뜬금없이 떠난 사람아

차라리 꺾지나 말든지

저무는 저 노을 바라보며 울어 대는

저기 저 갈대처럼 서글퍼진다

사랑이란 다 그런 것이 아니더냐

난, 몰랐네

아, 정말 몰랐네

저무는 저 노을 바라보며 울어 대는

저기 저 갈대처럼 서글퍼진다

사랑이란 다 그런 것이 아니더냐

난, 몰랐네

아, 정말 몰랐네

첫사랑

나의 첫사랑인 그녀는
큰길에서 골목으로 들어가면
왼쪽에서 세 번째 코딱지 같은
옴팍 초가집에서 살았습니다

중학교를 졸업하고 그녀는
방직 공장에서 일했습니다
입 하나 줄여 보자고
그녀의 아버님의 결단으로
그렇게 된 것이라고 그녀는 말했지요

그 시절엔 대부분이 그랬습니다
한국전쟁이 끝난 지도 얼마 안 되고
인심도 흉흉한 데다
보릿고개가 있던 시절이라
배를 더욱 고프게 했습니다

갸름한 얼굴에 검은 입술은

항상 미소가 떠나질 않았지요

제가 보기로는

좋은 여자인 것 같았습니다

어느 날 그녀는 일터를 광주로 옮겼고

이른 봄날 서울로 유학길에 올랐습니다

나는,

그 이후로 우린 다신 만날 수 없었고

내 나이 열여덟 살이었습니다

그때가

착한 그 여자

내 여자는

나에겐 착하기만 합니다

항상 밝은 얼굴로 웃고

동백기름 바른 것처럼

이마는 반들반들

진주를 박아 놓은 듯한

보조개는

옹

달

샘

마르지 않는

청춘의 아름다운 심벌symbol

이쯤 되면

어찌 사랑하지 않겠습니까

그녀를,

이 여자를 사랑하는 까닭이

여기에 있는 것이니

다른 여자와 어떻게 비교될 수 있겠습니까

뻥튀기 같은 세상에서

이렇게 사랑하며

- 윤길수 선생에게

당신은 특별한 사람입니다

높은 지식과 호감을 주는

외모를 지니셨습니다

아마 먼 훗날에도 그럴 겁니다

그 모습 그대로 간직하시고

늘 건강하십시오

당신과 나의 만남은

즐거운 일 중에 하나였습니다

저는 항상 그렇게 생각했어요

영원히 곁에 둘 수만 있다면

뭣이든 겁날 게 없을 것 같았지요

당신의 호탕한 그 웃음소리엔

유머와 개그가 있고 진실함이 넘쳐 있어

오래오래 가슴에 남아 있을 것 같아

저는 좋았습니다

내가 이토록 당신을

사랑하고 아끼는 것은

그대에게 한 발 더

다가서고 싶기 때문입니다

오늘도 내일도 우리에게

멋진 일만 있었으면 좋겠습니다

사랑합시다

어머님의 말씀 1

돈을 받을 때나
줄 때는 세어서 받고
남을 속이긴 쉬워도
믿음을 얻기란 별 따기라고
늘 어머님은 말씀하셨습니다

사랑은 받는 것이 아니라 주는 것이고
사랑하긴 쉬워도 이별은 참 어려운 것이니
여자를 대할 때는 어미를 대하듯
조심하라고
늘 어머님은 말씀하셨습니다

돈이란 있다가도 없고
없다가도 있는 것이니
지나치게 매달리면
죽음을 가져올 수 있으니
내 것이 아니거든 탐내지 말아라
늘 어머님은 말씀하셨습니다

아들딸 가리지 마라
후레자식 소리 듣지 않는 것이
바로 효하는 것이다
자식은 계란을 다루듯
정성 다해 가르치고
나무에 물 주듯 칭찬과 격려를
아끼지 말라
늘 어머님은 말씀하셨습니다

어머님의 말씀 2

어머님 말씀이 옳았습니다

세상은 그렇게 쉬운 게 아니라고 하셨지요

등 돌리면 코 베고 귀 잘리는 세상이네요

믿을 만한 사람이 없어요

자고 나면 항상 타인들의 세상입니다

정신없이 세상은 돌아갑니다

눈 깜빡할 사이에 왕방울 같은 별들이

눈앞에서 풍선처럼 떠다닙니다

어머님 말씀이 틀리지 않았습니다

그래도 태양은 동쪽에서 뜨네요

코앞이 북쪽 땅인데

준비한 것도 변변치 못하면서

조금도 걱정 없이 사는 게 우리네거든요

이젠 세상 보는 안목이 달라져야겠어요

어머님 말씀이 정말로 옳았습니다

2부

여름, 가슴에 품은 별을 헤며

나는 허수아비

하수아비는 외로운

나그네

출렁출렁 바람을 벗 삼아

뙤약볕 아래서

진종일 사색하며

이별과 사랑과 고독과 오만을

모르는 순진무구한 머슴입니다

누구를 위한 시인일까요

하늬바람의 길목에서

들려오는 뉴스가

가슴에 대못 박는 것을

모르는 나그네는 아니겠지요

지금 내리는 비는 민초들의

분분한 의견을 잠재울 수 있을까요

울

림과

떨림,

흔

들

림

벌레들의 더듬이처럼 귀를 쫑긋 세우고
대중의 의견이 통일되는
따끈따끈한 소식을 듣고자
이 바람 독에 서 있는 나그네는 아닐까요
나처럼

풍성 風聲

일찍 일어나

샛별을 바라본다

LED처럼 밝다

스산한 바람에

옷깃을 여미고 뜰 밖으로 나간다

텃밭의 깻잎이 도란도란

어깨를 마주했다

수많은 벼이삭도 수런수런

하늬바람을 잠재운다

폭염으로 겨우겨우 핀

야생화의 야리야리한 꽃잎들이

생기발랄하게 빛을 발산한다

볏잎에 맺힌 이슬방울 속에 비친

붉은 햇살이 거울처럼 반짝거린다

이것이

내가 사는 동네의 아침 풍성風聲이다

친구親舊

그림자처럼 한 걸음 뒤로 물러서
마음을 다독여 주는 형제 같은 친구

혹시 아플세라 걱정되면
먼발치에서 안부 전해 주는 다정한 친구

여행에서 돌아와 있었던 이야기 길
재미있게 전해 주는 소설 같은 친구

사랑은
이렇게 하라고 일러 주는 스스럼없는 친구

보고 싶은 얼굴이 그리워지면
소주 한잔하자고 전화 주는 이웃 같은 친구

지난번 대장 수술로 병원에 누웠을 때
제일 먼저 찾아와 안심하라던 의사 같은 친구

약 잘 먹고
밥 잘 먹어야 좋아진다던 배우같이 잘생긴 친구

잘 안 된 글이라고 꼬집어 주고
늙으면 안 된다며 머쓱해했던 친구

틀니 때문에 말이 새 잘 알아듣지 못하는 친구
그들 곁에 있으니 난, 얼마나 행복한지 모르겠다

풍경 風景

버드나무 줄기가 연초록빛을 띠면

개나리가 제일 먼저 꽃 문을 여는

삼월이 온다

한내천 철새들도 다시 돌아오고

여인들의 옷차림도

앵무새처럼 밝고 가벼워진다

주유소 처마 끝 만국기도

봄바람에 얼씨구 좋다 춤을 추고

산등성이 아래로

얕게 깔린 흰 구름 따라

산으로 오르는

등산객들의 발걸음도 가벼워진다

남녘을 향한 KTX도

꽃바람 가르며 달려 나가고

청취

- 뉴스 만들기

* 서울, 연대, 고대, 성균대 등 13개 대학 입시 실
태 조사

* 이낙연, 대통령, 국회, 시민사회 등으로 개헌국
민기구 구성

* 유엔총회 마치고 귀국하는 문 대통령

* 배달료에 용기까지 더하니 6,000원 소비자만…

* 수분 섭취에 가장 좋은 음료는 우유, 술?

* 신문 배달 위험하다

* 시민단체 '나경원, 최성해 고발' 윤석열 산학비리
척결해야

* 보수 성향 변호사 단체 '조국 퇴진시국선언' 1천
명 서명

이것들이 오늘의 빅뉴스다

자부심을 가져라

바람처럼 살아라

흩어지는 바람에도 눈과 빛이 있나니

모여 살아라

흩어지면 죽는다

가슴을 열고

미래를 생각하고 더 높은 곳을 향해

뛰어라

그곳엔 너희들을 품을 별이 있으니

눈물의 빵을 먹어 보지 못한 자는

가슴 터지는 일 없을 테고

괴롭고 슬픈 일 없을 것이니

어찌 먼 미래를 항상 염두에 두겠는가

큰 꿈을 가져라

그대들의 앞에 고난의 삶이 기다릴지니

두려워하거나 무서워하지 말고 더 높이 뛰어라

180킬로미터로 달리는

브레이크 없는 트럭처럼 앞만 보고 달리면

예술 같은 별을 맞이할지도 모르니

귀는 넓게 열고

턱은 높게 세우고 두 눈은 크게 떠라

고달픈 삶은 항상 곁에 있는 것이고

그대들의 심장이 엔진처럼

힘차게 돌아가는 것을 항상 보고 싶다

난,

연희야

오동나무가 연보랏빛 꽃을

걸었더라

연희야,

너도 보고 있겠지

해맑은 아침 이슬에

함박 먹은 향기와 고운 순결을

아, 가슴이 아리다

연희야,

보름날 저녁 무렵 좁디좁은

논두렁에 앉아 개구리 울음소리에

사랑 노래 부르던 그때를 기억하면

지금도 가슴이 아리는구나

연희야,

하얀 교복에 클로버꽃물이 들어

어쩔 줄 모르고 당황해하던

그 얼굴 표정을 잊을 수 없구나

연희야,

가슴 벅찬 추억을 잊지 못하는 것은

못다 한 연정이 아직도 남아

그렇지 않겠니

오늘 아침, 거울 속에 들어앉은

내 얼굴을 뜯어보니 불어 터진 보리쌀처럼

거칠고 대로大路 같은 주름살이 그려졌더구나

아, 이제 너도 늙었겠다

연희야,

오동꽃 지기 전에 꼭 한번 만나자구나

어떻게 하면 너를 만날 수 있겠니

아름다운 사회가 되려면

의자 하나가 있다
꼭 그 사람이 앉아야 할
의자인데 앉지 마란다

이유야 합당할지 모르지만
정당한 방법이 아니라면
모가 난 자들만이 앉아야 하는
의자가 되어선 안 된다는
소신의 생각을 해 본다

이런 사람들 세상에 널려 있으면
정신과 치료를 받아야 하거나
치유해야 되지 않겠어
현실은 그렇다 하더라도 말이야

해바라기도 해를 보는 이유가 있다고

뒷배가 좋아 그런 자리에 앉으면

아랫사람으로부터

지위와 대우를 제대로 받기나 하겠어

밝은 사회를 꿈꾸고

도덕과 법치가 바로 선

공정한 사회로 가는 줄 아는 국민들은

얼마나 실망하겠어

이런 짓거리는 트랙터로

논밭 갈아엎듯 확 뒤집어 놓아야 해

시장에 가는 날

코로나19가 창궐했다

검은 마스크를 쓰고 시장엘 갔다
고등어와 시래기, 과일도 샀다

미세먼지가 억수로 묻은
흙비가 내려
가방에서 검은 모자를 꺼내어
예쁘게 썼다

상추도 사고 생선회도 한 판 뜨고
집으로 돌아와 친구에게 전화를 건다

친구야,

회 먹으러 오라고

이렇게 궂은 날은 먹는 것으로

하루를 보내는 것도 좋은 거야

새끼손가락

너 하나 간수하지 못하고

중도에서 놓아준

이 가슴 얼마나 아팠겠어

너 하나 지켜 주지 못하고

가슴에 대못 박은

낸들 얼마나 피 눈물이 났겠어

그래도 네 가슴

다독이어 줄 사람은 나뿐이지만

몸은 노쇠했고

정신까지 흐려져

그마저 할 수 없게 되었으니

이를 어쩌면 좋겠니

사는 동안

깊이 뉘우쳤으니 이해하고

남은 삶

헛되지 않도록 노력할 것이니

용서해 주면 안 되겠니

봉선화

울밑에서 환하게 반겨 주던
내 작은 누님같이 귀여운 꽃

울 옆으로 돌아 나가는
개울물 소리만 들어도 눈물짓던
내 작은 누님처럼 여리디여린 꽃

입술을 내밀어 다가가면
새아씨처럼
연분홍 향기로 보답하는 꽃
내 작은 누님 입술처럼 예쁘기만 한
바로 그 꽃

내가 좋아했고 아끼며 사랑했던
그 꽃

빗방울

콩잎에

떨어지는 빗방울

메꽃 속에

청개구리 한 마리 잠들었다

거미줄에 꽁꽁 묶인 콩잎

석양빛에 번뜩번뜩

재인ㅓㅅ이 북을 치듯

빗방울이

거미줄을 마구 두들긴다

밭 한가운데서

토란잎 하나 머리에 이고

그들을 반가운 마음으로 맞이한다

나는,

붓꽃 사랑

붓꽃 같은 사랑이면 좋겠습니다

나직한 언덕에 그림 같은

너와집을 짓고

밤이면 그녀와 별을 헤는

사탕 같은 사랑을 했으면 좋겠습니다

계곡으로 흐르는

물을 길어다 아침을 짓고

두부에다 청양고추를 듬성듬성

썰어 넣고 담북장을 끓였으면 좋겠습니다

비바람이 불면 온몸으로 막아 주고

멀리 가 버린 추억일랑

들추어내지 않기로 합니다

손 맞잡고 시장이나 영화 관람

하지 않아도 섭섭지 않은 것은

이곳에서 달콤한 시간을

그녀와 매일 공유하므로 괜찮습니다

녹음이 짙어 가는 숲과 밤꽃 향이

파고드는 이 숲이 낭만적이어서 좋습니다

앞마당에서 가까이 보이는 안개에 젖은 호수와

수생식물들이 자라는 습지가 있어

풍경이 가관이 아닙니다

집 뒤꼍으로 흐르는 개울물은

게처럼 천천히 흘러가

조용한 음악을 즐기는 것처럼

운치 있고 가슴을 정화시켜 주어 좋습니다

또한 이 늘솔길도

그녀와 사랑하기엔 너무너무 좋습니다

멋

어이,

자네 생각엔 내가 어때 보이는가

멋진 남자라고 생각하진 않아도

그런대로 보아줄 만하지 않은가

멀건 한 얼굴에 명주실 같은 수염에

까만 눈, 넓은 이마, 알맞게 걸어 놓은 귓불

50%가 대머리, 툭 튀어나온 광대뼈,

그리고 넓은 뺨과 그리 높지도 작지도

않은 코에 173센티미터의 키,

전형적인 한국 남자의 모습을

잘 보여 주고 있지 않은가

요즘, 이런 사내 보기 흔치 않아 하는 말인데

어떤가, 자네가 여자라면 사랑해 봄직한 사내라고

생각하지 않는가

갈아엎어 버려라

바람아, 바람아 솟구쳐 올라

오염된 대지를 깨끗이 쓸어 버려라

치욕스럽고 수치스러운 불공정 시대

법치가 정의롭지 않거든

갈아엎어 버려라

바람아, 바람아 너는 할 수 있다

이 땅을 버리지 않는 한

신품종神品種을 뿌려라

벼랑에 매달려 겨우 살아가는

저 여린 나무들을 구원하는 길은

너뿐이다

네가 곧 법치이다

법은 만인에게 평등하다

바람아, 바람아 돌아보지 말고

법치를 세우는 일에 열과 성의를 다해라

그래야, 저 어린 나무들의 삶을

활짝 펴 줄 것이니

큰스님

어째서,
눈 감으시고
먼 바다와 산만 바라보고 계십니까?
스님이시여!

그렇게 해도 머리가
빈 페트병 같으니 어쩌겠느냐.
눈을 뜨면
푸른 바다와 향긋한 솔바람이
들지 않을까 봐 그렇다네.

낙엽 1

지하철역에서
마로니에로 나가는 길
숨차게 계단을 뛰어오르는데
나보다 먼저
가을이 들어앉아 볕을 쬐고 있다

그를 등에 업고
겨울의 뒤안길로 들어갔다
나는,

낙엽 2

버스정류장에 서 있는데
획하고 가로수가
바람에 흔들리더니
남아 있던 겨울 잎 하나
툭하고
어깨 위로 떨어졌다

그 모습
나의 삶과 오버랩 되며
가볍게 눈물이 흘렀다

안개비

시나브로 발갛게 핀 코스모스야
억세게 바람 불던
날,

목메어 죽은 여인의 영혼이 된
넌,

이렇게 궂은날에도 놓친 남정네가
그리워 바람으로 서 있고나
넌,

그대 아시는가
바람으로 기다리는
날,

개만도 못한 거야

골목길을 지나는데
덩치 큰 검정 개 한 마리가
축구공처럼 튀어나오더니
냅다 짖어 댄다
두 눈을 부라리고
암호랑이처럼 송곳니를 드러냈다
금방이라도 어쩔 것 같은
그런 자세로

'왜 그러니 내가 무섭게 생겼니
도둑 같이 보이니
아니면 거지나 부랑자로 보이니'
이렇게 중얼거렸더니
슬그머니 꽁지를 내리고 돌아가며
짖어 대는 소린 끝내 낮추지 않았다

개만도 못한 거야

내가,

코스모스

올해도 어김없이
그녀는 그곳에 있었다

메마르고 척박한 언덕에
가냘픈 여자 그대로였다
몸은 서툴러도
삶에 있어서는
어리석은 여자가 아니었다

다만 바람이 들면
여린 몸 내어 주는
연약한 여자에 지나지 않았다
그래도 할 수 있는 일은
바로 허리를 바르게 세우는 것이다

'용수철처럼 튀는 세상에서

정신 줄 놓지 말고

늙었다고 어깨 내리지 말고

나이 들었다고 서러워하지 말고'

그녀는 이렇게 말하는 것 같다

나에게

3부

가을, 바람소리 맴돌고

혼자서 갔다

바로 그날은 겨울의 초입이었다
길을 따라 혼자서 갔다
가로등이 잠자는

비애다
귀밑이 억새꽃으로 화려한 것을
알면서도 사람 냄새 그립고
살아 있다는 것 그 자체가 싫었다

살아오면서 그리움을
발 빠르게 내려놓지 못하고
남은 이것들이 간직해야 할
꿈이라 생각한 나머지
그냥 떠나기로 했다

이 한 몸 어디에 둘거나

별에 걸어 둘거나 눈밭에 뉘일거나

이제야 알았다

살아 있다는 것이,

비애라는 것을

편지

엊그제만 해도

들녘이 푸른 물결로 출렁이더니

요즘 날씨 갈대 같습니다

무등골로 지는 노을빛도

소쇄원 머리 위로 흘러가는 구름도

댓잎 소리도

졸졸졸 게처럼 기어가는

뒤껼의 개울물 소리도

억새 부딪치는 소리도

벼이삭 사이를 안고 맴도는 바람 소리도

예전처럼 여전하겠지요

우수수 낙엽 지는 가을입니다

간다 간다 하고 여태 가지 못해

미안한 마음뿐입니다

기약 없는 날에 불쑥 찾을 것이니

너무 나무라지는 마십시오

내내 안녕히,

청혼請婚

삶을 헛되지 않기 위해

애태웠고

슬프지 않으려고 발버둥 쳤다

너를 꽃으로 보면

너는 울면서

도톰한 입술을 내밀었고

눈을 감으면 그것이 사랑하자는 짓이러니

그래서 그러는 것이러니 하고

까마죽죽한 입술에

나의 혀를 가볍게 얹었지

살 냄새가 싫지 않더구나

너와 함께할 둥지를 위해

열심히 땅도 팠고

밤늦도록 일도 했었지

그러자,

눈썹 같은 무지개를 너의 심장에

그려 줄 수 있게 되었고

논밭엔 곡식이 넘쳐났을 때

청혼했었지

너에게

찻집 여자

찻집 주인은 곱다

뜬금없이 그녀가 찻집을 차렸다고

알려 왔다

그 나이에 무슨 찻집

이렇게 생각했었다

하지만 한창 성업 중이란다

그녀의 나이 68세

평소에 노래를 잘 불렀고 사교적이었다

입가엔 웃음이 떠날 줄 몰랐고

너무 고와 젊었을 땐 인기가 좋았단다

한복이 잘 어울리는 여자

오른 손가락 하나를 잃어버렸는데도

위축되지 않고 악수를 먼저 청하는

당당한 여자

이래 사는 것이 좋으냐고 물었더니

지금 하는 일에 만족한단다

사랑을 해야겠다

캄캄한 밤
보안등이 가물거리는
골목 안
막다른 바로 그 집엔
내가 사랑하는 여자가 산다

초인종을 젖꼭지 누르듯
살며시 누르면
그녀는
꽃단장에
꽃 밥을 지어 놓고
반갑게 문을 열어 줄 것이다

이러면 불타는
사랑을 해야 하지 않겠어
밤새도록

순간의 포착

달빛이

뭉텅뭉텅 쏟아지는

골목길에

달덩이 같은 모과가

별빛에 취해

바람에

시계추처럼 달랑달랑

똑 똑 똑 하이힐 소리

핸드폰 벨 소리

건너편으로

화살처럼 뛰어가는

검은 고양이 한 마리

잊으세요

폭포가 떨어지는
아픔처럼 슬픈 일일랑 잊으세요

꽃잎 지는 것을 서러워 말고
그리움이 있거들랑 잊으세요
임은 항상 곁에 있는 것이 아니고
언젠가는 떠나가야 할 사람이니
비장함이 들거든
지금부터라도 잘하세요

혹여,
가슴에 묻어 둔 무거운 짐 있거들랑
가볍게 내려놓으세요
그렇게 하는 것이
나와 사랑하는 사람을 위하는 것이니

이것이야말로

당신을 위해 제일 먼저 해야 할 일입니다

손수레

폐지를 가득 실은

손수레가 가파른 언덕길을 오릅니다

주름진 팔십 노인의 이마엔

이슬처럼 흐르는 행복이

폐지의 무게만큼 무겁습니다

세월은 가고

한내천 방천길

벚나무에 단 단풍이 들었다

연지곤지 새아씨 다홍치마처럼

샛강 물길 따라

병풍처럼 늘어선

갈대꽃도

늙어 꼬부라졌다

잉어, 날치가

물길 따라

날렵하게 솟구쳐 오르던

그런 봄날은 아직 오지 않았지만

늦은 가을

폐차처럼 둑방에 앉아

올봄을 기리며 너를 먼저 보낸다

사랑아 2

한때는
그대가 그렇게도 미웠었지만
그것이 전부가 아니었더라는 것을
이제야 깨달았습니다

집 떠난 어린 짐승이 제 어밀 찾으려고
발버둥 치듯 한없이
당신이 그리울 때가 있었지요
거짓말이라고 해도 할 말은 없습니다

당신의 품이 그리우면 해 지는
동산에 올라 지평선을 바라보며
당신의 이름을 유행가처럼 부르고
또 불렀었지요

나는 항상 당신의 입술을 원하고 있었지만

사정은 그러질 못했습니다

무슨 말을 해도 좋습니다

우리가 이렇게 된 것도 모두 내 탓이니

소나무 옹이가 된들 어쩌겠습니까

간직하고 싶은 것은

언제나 당신의 가슴뿐인 것을요

사랑은 이렇게

사랑은 이렇게 하십시오

먼저 칭찬합니다

과거의 일은

숨이 넘어갈지라도 말하지 않습니다

상대방의 성격을 이해하려고 노력합니다

있고 없음을 표현하지 않습니다

가급적 상대방의 단점은 말하지 않으며

싫어한다는 말은 함부로 하지 않습니다

이렇게 되면

당신을 사랑하게 될 것이고

아름다운 미소로 답할 것입니다

그녀는

죽을 때까지

당신의 미소만 바라보고

신뢰하며 믿음을 갖게 될 것입니다

항상,

존재감을 보여 주고

보다 진보적인 사고로 소통하고

사랑한다는 어휘를 자주 쓰면

절대로 당신을 놓지 않을 것입니다

사랑은 이렇게 하는 것입니다

Half moon

그녀와 헤어지고 집으로

돌아오는 길에

반쪽인 너의 얼굴을 보았지

플라타너스 가지 사이에 걸린

Half moon!

가지 끝에 매달려 그네를 타고 있더구나

너무 멋스러웠지

그런 네 모습을 그녀도 보았더라면

얼마나 좋아했을까 하는 생각에

파란 신호등 불빛을 그만 놓치고 말았지

길 건너 대문 앞까지 따라왔었지만

현관문을 열고 들어가는 나의 뒷모습에

이별의 키스를 남기고 구름 속으로

사라져 버렸지

아쉬웠다

우리 다시 만나거든

한내천 벚꽃십리길로 꽃구경 가자구나

메꽃

연분홍 메꽃이

소슬바람에 고개를 접었구나

저기 저 하늘을 보라

갯가에 피에로처럼

울고 있는 네 마음을 나는 안다

별 볼 일이

없었더라면

그렇지 않는다 하더라도

너는 벌써 푸른 갯가를 버리고

뭍에 나와 파랑새를 만나고도

남음이 있었을 것을……

아아,

사랑의 여신이여

유성기 나발처럼 불어 보렴

임의 노래를

물망초

바닷가 바위 섶에
하얀 물망초야

넌,
이처럼 비가 내리는 날에도
물질 나간 사내를 기다리며
먼 지평선만 바라보고 있구나

썰물이 들면 시린 잎 하나 물에 담구고
밀물이 들면 눈 빠지게
그 남정네를 만나려고
그 섶에 앉아 있는 것이로구나

그러니 저러니 해도 짠물 먹은

사내가 생활력 하나는 강하다니

뱃머리에 만선의 깃발을 휘날리며

들어오거든 두 손 번쩍 들어 먼저

엄지와 검지로 손 키스부터 하렴

물망초야

그래도 사랑이 차지 않거든

도톰한 네 입술을 남정네의 입술 위에

키스를 당차게 해 주렴

떠나고 싶을 때 떠나라

배낭 하나
둘러메고 길을 나서면 된다
특별히
목적지가 있는 것도 아니니
그냥 막연하게 떠나면 된다

걷다가 쉬며
파란 하늘도 쳐다보고
늘솔길에 앉아
푸른 바다도 안아 보고
늙은 소나무 사이를 돌아 나오는
쉰 바람 소리도 들어 본다

'너는 누구냐'

바람이 물어오면

나는 방랑자이어서

또 다른 세상 밖 이야기를 들으려고

길을 나섰다고 말해 주어라

도시의 검은 하늘과

현재 내가 서 있는 파란 하늘의

공기를 비교하며

쉬고 싶을 때까지 걷고 또 걷는다

이렇게 떠나고 싶을 때

떠나는 것이 여행이 아니겠는가

비 오는 날

비 오는 아침이면
당신 생각에 잠기곤 합니다

활활 타오르는 불처럼
사랑할 땐 미처 몰라
아깝게도 시간만 낭비했었지요
철딱서니가 없던 탓도 있었겠지요
그대에 대한 가치를 알았을 땐
이미 늦었다는 것을 알았답니다

밤이면 더욱 보고 싶어지고
터진 망막처럼 눈물이 아파했습니다
자초하지만 않았더라도 지금쯤
당신의 따스한 젖무덤에서
행복한 잠을 청할 수 있었을 것을……

울 너머 보랏빛 나팔꽃이

당신을 닮았다는 생각이 들면

후회막급이라는 생각이 듭니다

그리운 것은 당신뿐

스산한 바람이 온몸을 감쌀 땐
불현듯 당신 생각날 때가 많습니다

이 겨울
어떻게 보내는지
고뿔은 들지 않았는지
독감 예방 주사는 맞았는지
귀뚜라미 같은 당신의 목소리를
듣고 싶습니다

지는 잎새 하나 창틀에 스르르
내려앉게 되면 괜히 서글퍼집니다
비록 몸은 멀리 떨어졌어도
정신만은 좀 더 가까이에
있으면 얼마나 좋을까
이렇게 염려되는 때가 더러 있었습니다

오늘부터 밤의 길이가 길어진답니다

오구망상汚垢妄想에 긴 밤재우지 못하고

책갈피만 뒤척이고 있습니다

찻집에서

오래된 고향집 같은
광주호 주차장 그 왼쪽 언덕 위로
그녀와 똑 닮은 아담한 찻집 하나 있다

홀 안으로 들어서자
벽에 걸린 대형 거울 속에서
또 다른 그녀가 다가오며
내 손을 덥석 잡는다
사랑이다

천장에서 내리쪼이는 조각난 불빛이
따사롭다
창가 쪽 의자에 앉았다
창 뒤쪽 대나무 광주리에 담긴 잡곡이
수수께끼처럼 지난 시간들을 기억하게 했다

부슬부슬 비는 내리고

팝송이 조용히 흐르고 있었다

서울에서 단숨에 달려왔기에

피로가 쏟아졌다

하얀 김이 피어오르는 은빛 찻잔에

그녀의 눈빛이 부딪치는 순간

Patti page의 Changing partner가

들려왔다

"차 드세요, 선생님"

"응"

길고 긴 여행

연화사蓮花寺 입구

길 가장자리 연분홍 분꽃에

보리잠자리 한 마리 앉았다

엄지와 검지로

날갤 잡으려는 순간

잠자리는 움직이려는

기색이 조금도 보이지 않았다

죽었나,

보리잠자리야

보리잠자리야

아무리 불러도 대답이 없다

잡고 보니

아뿔싸,

길고 먼 참선에 든 것을

나무아미타불

관세음보살

나뭇잎 떨어지고

아스팔트 위로

뒹구는 마른 잎이

어째서 짠한지 모른다

옷깃을 파고드는 바람에도

왠지 외로움을 느끼고

살며시 내리는 가랑비처럼

눈물이 앞을 가린다

그 사람 떠날 때

많은 나눔과

은혜로움을 주지 못해

항상,

빈 페트병처럼 가슴이 텅 비었었는데

이 계절 다 보내면서

그런 생각 왜 자꾸 들어 짠한지 모르겠다

난蘭

너의 꽃망울은

맑고 깨끗한 옹달샘이다

잎새는 초승달을 닮았고

장군의 장검처럼 날이 예리해서

쿵꽝쿵꽝 뛰는 심장이

일시에 멈추는 것 같다

스님의 의상처럼

매무새가 검소하구나

보라,

이 모습

선녀가 아니고서야

뭣을 꾸짖겠는가

그래,

그래서

꿀단지처럼 아끼며 사랑하는 것이다

너를

꺼지지 않는 불

촛불이 타고 있습니다
분노하고 있습니다
무엇을 의미하는 손짓입니까

세상이 썩고 낡아
갈아엎고
신자유민주주의를 세우기 위해
불사르고 있는 거 아닙니까

이 운동이 올바른 가치관에서
나온 것인지 그렇지 않은 것인지는
차제에 따져 일이고

이 촛불만은
시위를 당긴 화살처럼
과녁을 향해 멈추지 않고 있습니다

이것이

우리의 아리랑이 아닙니까

아리랑, 아리랑 촛불 아리랑

4부

겨울, 첫사랑 같은 하얀 세설을

정담政談

나이는 적어도 일을 밀어붙이는
힘은 헤라클레스다
평화를 위해 70여 년 동안 온 국민의
숨통을 조이고 있었던 155일마일 휴전선이
동독처럼 일시에 무너지려고
꿈틀거리고 있는 것은 아닐까
얼마나 고대했었던 소식들인가
한겨울에 녹두꽃이 피는 기분이다

남북의 정상들이 손을 마주 잡고
그간의 오해와 회포를 풀기 위해
동족이라는 것에 공감하고
오래기실처럼 얽히고설켰던
역사의 진실을 풀어내기 위해
백두산에도 올랐다

꼬였던 실체가 천지의 물처럼

맑고 깨끗하고 공명정대하게

이뤄지길 기대하는 마음은

남북의 전체 국민 모두의 소망일 것이다

안타까움

그대,

보고 싶은 마음

굴뚝(꿀떡)같지만

눈이 너무 많이 내려

길이 막혔으니

어쩌겠는가.

수리처럼 날아갈 수 없고

이 안타까운 마음 그지없습니다.

세설 細雪

아,
이 아침

흰나비들이
훨훨 날고 있는 것을
누가
감히 밉다고 말할 수 있겠습니까

목화송이 같은
눈송이로
뜰 안팎을 꽉 메운
아, 이 예쁜 어린 꽃송이들

오염된 내 손에 닿으면 아파할
첫사랑 같은 이 하얀 세설들을

섣달

몸이 몹시 아픕니다

어깨며 허리가

심할 땐 오금도 저려 옵니다

베란다의 노란 국화꽃도

날 닮아 고개가 축 처져 있습니다

허파도 아리고

심장도 벌렁거립니다

의사는 신장이 망가지려고 하니

좋아질 때까지 치료를 서두르라는 거예요

그러나 저러나

간밤에 소리 없이 내린

눈이

콩밭에

소복소복 쌓여 범벅입니다

몸은 자꾸 익어 가고

삶의 열차는 어서 가자고 재촉하니

이를 어쩌면 좋습니까

사랑은 소멸하는 것

사랑하는 마음은 하나지만
상대는 밤하늘의 별처럼 많다

사랑은
오직 하나지만 저에겐 지쳤습니다
그것은 무엇인지
반문하고 싶습니다
어쩌다가
보살 같은 마음으로
사랑을 했었지만
이뤄지지 않았습니다
누가 사랑이 어떤 것이냐고
내게 물어오면 이렇게 답하겠습니다

삶이 끝나면

생명의 빛도 사그라지듯

종내는 독이 되어 소멸할 것이라고

사랑아 3

사랑은

누구나 할 수 있는 것

그래서

진정한 사랑을 하는 것은

쉽지 않다는 것

그래서

독을 마시고

복장이 터져

죽을 수도 있다는 것

그래서

괴로우며

아름답지 못한 것

그래서

잘하면 본전이라는 것

그래서

언제나 혼자

찾을 수밖에 없는 숙제 같은 것

사랑은 누구의 것입니까

사랑은 누구의 것입니까

누가 만들었기에 가혹하리만치

외롭고 슬픈 것입니까

사랑은 누구의 것입니까

누가 달콤하고

젖꼭지처럼

부드러운 것이라고 말했습니까

사랑은 누구나 할 수 있지만

아무나 하는 것이 아닙니다

왜냐고요

묻지 마세요

슬퍼지기 싫고

그리움에 눈물 흘리거나

죽음의 나락으로 떨어지는 것이 싫어

그렇습니다

사랑은 누구의 것입니까

누가 만들어 놓았기에

살을 도려내는 것처럼 아픈 것입니까

눈아

눈아,

네 얼굴이 하얀빛에 반사되어

순백이더구나

눈아,

장독 위에 앉은

네 모습 또한 목련꽃에 비하겠느냐

눈아,

누구를 위해서

이 동토에 왔느뇨

눈아,

세상을 하얀 천으로 넙죽 엎드려

평화의 키스를 해 주었더구나

눈아,

새털처럼 가냘픈 너에게

사랑의 입맞춤을 하고 싶구나

눈아,

영원히 사랑하겠다고 맹세할 것이니

그 순백 오래오래 간직하렴

내가 좋아하는 색

색의 파노라마는 무지개다

빨강은 청춘의 영혼

주황은 외출복 입은 여인의 고고함

노랑은 경고와 놀람의 얄미움

초록은 모든 색들에게 동질감을 주어 좋다

넉넉함을 뽐내는 파랑은 독선적이고

남색은 풍만함과 사랑의 결정체

너그러움의 상징은 보라요

검정은 색의 화려함도

영광도 부러워하지 않고 투박해

안정감을 주는 색 중에 색이 아니었더냐

이중에서 모든 색과 어울리고

섞어도 잘 아우러지는 것이 이 색인지라

이 흰색을 좋아한다

나는,

떠나면 알게 돼

바람에 스치는 옷깃이나

서녘으로 넘어가는 노을이든

시간이 가면 내 안에

오래 남는 추억들이다

찢어진 아스팔트 틈새로

제 몸보다 더 큰 돌을 제치고

꽃을 가진 민들레의 삶의 의지에서

미래를 알려거든

과거를 기억하라는 옛말이 생각났다

이런 현상을 느끼고 익혀

미래를 짐작케 하는

온고지신溫故知新과 같은 것이니

코로나19와 꽃

간밤엔

오랜만에

단비가 내려 봄기운이 완연하다

오늘은

코로나19의 확진자 수가

653명,

점진적으로 늘어나고 있다는 뉴스

가지마다 목련도

연등처럼 송골송골 꽃을 걸었구나

엄니 무덤가에도

예쁜 자줏빛 얼굴을 내밀었겠다

할미꽃들이

무덤에서

음습한 무덤에 누워

너희들이 오기를

일 년 내내 눈 빠지게 기다린다

우선 보고 싶고 어떻게 사는지 궁금하고

살아 있을 때 못다 한 이야기도

들려주고 싶어 그렇다

그러나 너희는 일 년에 한두 번 찾아 주거나

명절 아니면 코빼기도 볼 수 없지 않니

물론 사느라 바쁘기도 하고 힘도 들겠지

어쩌다 찾아 주면 소주 두어 잔

묘 앞에 부어 놓고 우두거니 먼 산만 바라보다

30분도 채 되지 않아 돌아가는

너희 뒷모습을 바라보면서 이렇게 생각했단다

나는

'훗날 너희 아들딸들에게

나와 같은 대접을 받으면

그때 너흰 어떤 생각을 하겠니

세상이 이렇게 만들었구나

안타깝고 섭섭하지만

세상 밖에 머물고 있는 것은 나인데

별수 있겠니'

이렇게 말이다

꽃과 비

검은 구름이 몰려온다.

하얗게 몰려온다.

비가 온다.

비가 온다.

꽃이 비에 젖는다.

비가 꽃에 젖는다.

책갈피도 초록으로 물든다.

꽃도 울고 비도 울고 책도 운다.

책도 울고 비도 울고 꽃도 운다.

슬프고 가슴 아프다며

비 개이고 꽃 지고 책도 젖어

다시는 이 세상에 올 수 없다며 울고 또 운다.